Lucien HEUDEBERT

CHEZ LES DÉVOYÉS

PARIS

G. DUJARRIC, ÉDITEUR

50, RUE DES SAINTS-PÈRES

1909

Lucien HEUDEBERT

CHEZ LES DÉVOYÉS

PARIS

G. DUJARRIC, ÉDITEUR

50, RUE DES SAINTS-PÈRES

1909

CHEZ LES DÉVOYÉS

PERSONNAGES :

ROGER DE GAUBERTIN, explorateur.
SAINT-MAURICE, journaliste.
BARNOLIE, tuteur du fils Godot.
DELORME, un clubman.
LE PRINCE D'ARMÉNIE, complice de Barnolie.
MARCELLA MÉVAL, une artiste.
UN VALET DE PIED.

SCÈNE I

Le théâtre représente un grand salon d'attente ou de repos, meublé de quelques tables, guéridons, fauteuils, chaises et canapés. A gauche et à droite portes donnant accès aux différentes parties de la maison. Au fond, une grande baie ouverte avec des fleurs et des plantes de chaque côté laissant voir des couples qui passent en dansant, tandis que d'autres couples passent également, bras dessus bras dessous, en causant. D'autres encore entrent dans le salon de repos, puis ressortent. On entend des bruits d'orchestre jouant des airs de danse. Dans le premier salon quelques groupes d'invités causent entre eux.

ROGER DE GAUBERTIN, SAINT-MAURICE

DE GAUBERTIN

Pardon, monsieur, êtes-vous de cette maison ?
Mais, de cette demande, il vous faut la raison :

Absent depuis longtemps, j'arrive ce matin
De lointains pays où m'envoya le destin.
Roger de Gaubertin est le nom qu'on me donne,
Aux explorations lointaines je m'adonne.
Pour le bien du pays, la gloire de la France,
Motifs suffisants où mettre son espérance.
J'ai reçu pour ce soir une invitation
Qu'aurait dû précéder la présentation
Je n'ai su comment faire une entrée en ce lieu,
Où je suis inconnu des gens de ce milieu.

SAINT-MAURICE

Je crois bien que nos deux cas sont presque semblables,
Ils sont drôles peut-être, et ne sont pas blâmables.
Comme vous, je fus convié à cette fête
Et m'y rendis, n'ayant rien autre chose en tête,
Avant tout, permettez-moi de me présenter,
Dans ce monde nouveau, je vais vous piloter

(Il tend sa carte à de Gaubertin.)

DE GAUBERTIN, lisant.

Saint-Maurice, rédacteur au « Parfait-Rossard ».
Monsieur, fort enchanté, je rends grâce au hasard
Qui fit notre rencontre et me fait grand plaisir,
Car pour compagnon, je n'aurais pu mieux choisir.
Aussi, comme journaliste parisien,
Vous en savez beaucoup sur plus d'un paroissien.

SAINT-MAURICE

Je possède, en effet, bon nombre de données
Sur ce monde et sur ses mœurs fort désordonnées,
C'est d'ailleurs plus en curieux qu'en reporter
Que je vins pour regarder et puis écouter.
Mais voyez ce monsieur qui s'avance vers nous,
Fier et pensif autant qu'un Arabe en burnous.
Un dangereux gaillard dont l'audace est connue,
Dont le regard féroce étale l'âme nue.
Vous connaîtrez sur lui bien vite des histoires
Qu'il semble regarder tout comme des victoires,
Il passe, dit-on, pour une première lame
Ce qui souvent retient la langue qui diffame.

DE GAUBERTIN

Mais ici, que vient-il faire, quel est son rôle ?

SAINT-MAURICE

Il suggère, il inspecte et contrôle,
Car le parfait gredin, c'est l'homme sans honneur
Passé maître déjà comme artiste enjôleur,

DE GAUBERTIN

Vous m'intriguez fort.

SAINT-MAURICE

     Et je le comprends sans peine,
L'histoire ferait pleurer une Madeleine :
Nous le connaissons sous le nom de Barnolie,
On dit aussi qu'il vit le jour en Italie.
Débuts obscurs ; parents et titres inconnus...
Il possède aujourd'hui de très gros revenus
D'abord simple employé chez un grand commerçant,
Il eut pour chaque affaire un coup d'œil... hum !... perçant
Il sut s'y prendre pour capter la confiance
Qu'il jugeait nécessaire à son indépendance.
Le sieur Godot, qui s'enrichit dans la mélasse,
Homme excellent d'ailleurs, tempérament mollasse,
A point circonvenu, l'associa bientôt,
Ce Barnolie alors devint maître en un mot.
Godot fut peu de temps après assassiné
Le Barnolie eut beau prendre un air consterné
On en parla longtemps tout bas et dans les coins
Mais on ne put trouver ni preuves ni témoins.
Le gaillard a, depuis, fait vite son chemin
Protecteur de la veuve et de son benjamin...
J'aperçois un ami que le ciel nous envoie
Mieux que moi, sûrement, il va vous mettre en joie.

       (Il fait signe à un invité qui passe.)

SCÈNE II

LES MÊMES, DELORME

SAINT-MAURICE, à Delorme.

Quelle chance de vous rencontrer, cher ami,
Ne connaissant personne, nous avions gémi.
Mon cher Delorme, vous êtes de la maison,
Vous allez nous présenter comme de raison,
Et dites-nous pourquoi nous fûmes invités...
Je vois ici des gens qui sont des plus cités.

DELORME

N'avez-vous donc pas lu les journaux de ce jour,
Dans le bourg ou la ville où vous faites séjour ?
Sachez donc que ce soir on fera dans ce lieu
Grande pendaison de crémaillère, tudieu !

SAINT-MAURICE

Cela ne me dit pas pourquoi l'on nous invite ;
Quel étrange farceur mit nos noms à la suite ?

DELORME

Ne voyez là, messieurs, aucun malentendu
Et l'on vous sait plutôt gré d'avoir répondu.
Tous les gens du monde chic et des plus cotés
Furent, avec soin, à cette fête invités,
Quand on veut se lancer, il faut être en vedette
Et trouver son nom cité dans chaque gazette.
Soyez donc bien certains que c'est cette raison
Qui guida dans ceci le comte d'Ivanson.

SAINT-MAURICE

De quel comte parlez-vous ?

DELORME

               Du fils de Godot,
Et du titre qu'il apportera pour sa dot,
Il sera ruiné avant qu'il soit longtemps
Et Barnolie est là pour les derniers instants.
L'Italien rusé se fait indispensable
Et s'enrichit pendant que le comte s'ensable.

DE GAUBERTIN

Mais le jeune Godot est-il donc sans défense ?

DELORME

C'est un tout jeune sot.

SAINT-MAURICE

Il aime la dépense ?

DELORME

On a flatté ses goûts pour le rendre incapable
De voir autour de lui les desseins du coupable,
Car vous n'ignorez pas le but de Barnolie ?

SAINT-MAURICE

Contez-nous cela, du secret je vous délie.
C'est surtout par métier que je suis curieux
Et de tout savoir, j'ai le désir furieux.

DELORME

Soit, si vous le voulez, je vais vous satisfaire,
En cela vous verrez une triste affaire.
La fortune des Godot est là qui le tente
Il dresse ses plans dans une sinistre attente.
Or, on dit qu'il sut déjà supprimer le père ;
Se débarrasser du fils, bientôt il espère.

★

J'ignore les moyens, mais il réussira,
Enfin, il tient la veuve, qu'il épousera.
Voilà l'histoire, elle est d'ailleurs assez commune,
Pour arriver à ses fins et faire fortune.

DE GAUBERTIN

Ma foi ! Je vous dirai que tout cela dégoûte !
C'est un monde qui m'effraie et que je redoute

DELORME

Mais, tenez, voici l'homme, admirez son aisance
Car il faut qu'avec lui vous fassiez connaissance

(Barnolie s'approche d'eux.)

SCENE III

LES MÊMES, BARNOLIE

DELORME, présentant ses amis à Barnolie.

Je trouve, cher ami, le moment fort propice
Pour vous présenter mes bons amis Saint-Maurice,
Notre grand journaliste et prince rédacteur,
Enfin, monsieur de Gaubertin, l'explorateur.

BARNOLIE

Messieurs, je me sens très heureux de vous connaître
Et c'est la sympathie entre nous qui va naître.
Je vais appeler le maître de la maison.
                              (A Delorme.)
Avez-vous aperçu le comte d'Ivanson ?

DELORME, se dirigeant vers le salon de danse.

Je vais à sa recherche.

BARNOLIE, à Delorme.

              Il faudra l'amener.
Pour le dérangement, veuillez me pardonner,

Il doit maintenant flirter dans quelque couloir
Ou fumer tranquillement au fond d'un boudoir.

(Delorme s'éloigne.)

DE GAUBERTIN, à Barnolie.

Absent de mon pays depuis quelques années,
Mes connaissances mondaines mal ordonnées,
M'ont fait oublier plus d'un nom, et comme exemple
D'Ivanson, celui dont on parle dans ce temple,
Il ne me souvient pas l'avoir déjà connu.

SAINT-MAURICE

C'est exact, c'est, en effet, un nouveau venu.

BARNOLIE

Un prince d'Arménie eut ma grande amitié,
Dans ses embarras, je lui montrai ma pitié.
Et, pour me marquer toute sa reconnaissance
Il voulut rehausser Godot dans sa naissance,
En lui octroyant le beau titre héréditaire
De comte d'Ivanson, attaché militaire,
Un des grands fiefs de la couronne d'Arménie.
Ce prince en exil attend la cérémonie
Qui lui rendra bientôt son trône et ses Etats.

SAINT-MAURICE, malicieusement.

Et dont vous escomptez les heureux résultats.

BARNOLIE, les quittant pour se diriger vers la salle de bal.

Vous restez pour le souper, nous nous reverrons,
Et puis, il y a l'écho dont nous causerons.

                              (Il s'éloigne.)

SAINT-MAURICE, à de Gaubertin.

Ah, oui ! la soif de la réclame, cet écho,
Il leur faudrait les trompettes de Jéricho.

DE GAUBERTIN

Que voulez-vous, c'est, pour certains, besoin extrême
Surtout lorsqu'on ne peut s'imposer par soi-même.
Je vous laisse un instant pour jeter un regard
Sur ces gens dont l'œil me semble demi-hagard.

                              (Il sort.)

★★

SCÈNE IV

SAINT-MAURICE, MARCELLA MÉVAL

MARCELLA entre au bras d'un monsieur.

Tiens, Saint-Maurice ! quelle chance de vous voir.
(Elle quitte le bras du monsieur qu'elle remercie d'un sourire.)
Je sors des salons où l'on ne peut se mouvoir,
Et je viens respirer à l'aise en cette salle
Où pour quelques instants il faut que je m'installe.
Vous allez me raconter tous les gros potins
Et les histoires drôles sur tous ces pantins.

SAINT-MAURICE

Je vais en qualité d'honnête rédacteur
Vous mettre au courant, tel un fidèle conteur,
Du compte rendu préparé pour mon journal
Depuis le commencement jusqu'au point final.

MARCELLA

Ce que vous m'offrez sera donc une primeur.
Asseyons-nous.
(Saint-Maurice s'incline et tous deux s'assoient.)

SAINT-MAURICE

Volontiers.

MARCELLA

Voyons en l'humeur.

SAINT-MAURICE, tirant son calepin et lisant.

Entre toutes les nuits de très haute liesse,
Jamais on ne vit fête plus enchanteresse,
Que celle offerte à tous gens de la haute noce
Par le jeune héritier d'un prince du négoce,
C'est le comte Godot d'Ivanson qu'il faut voir
Et chanter la façon dont il sait recevoir,
Il pendait crémaillère en son nouvel hôtel,
Nous en garderons tous souvenir immortel.
Le comte, gracieux, lui-même ouvrit le bal
Avec la grande artiste Marcella Méval.

(Marcella s'incline gracieusement vers Saint-Maurice.)

MARCELLA

Je vous assure que c'est en me défendant,
Après plusieurs refus, je dus aller cédant.

SAINT-MAURICE

J'en suis certain, et c'était pour lui grand honneur.
Et sans doute plus d'un envia son bonheur.
Vous n'êtes point, on sait, la première venue,
On vous honore, ici vous êtes bien connue.

(Marcella s'incline et fait un geste de modestie.)

MARCELLA

Mais je voudrais savoir et la suite et la fin,
Votre écho m'intéresse.

SAINT-MAURICE

        Ah ! je termine enfin,
En citant quelques noms de nos belles mondaines,
Célèbres comme sont ceux des grands capitaines.
Il y avait Berthe Vignon en faille rose,
Toujours très séduisante et fort belle, sans pose,
Lucy Darlay dont les yeux mangent le visage,
Bien appétissante en son opulent corsage,
Suzanne Latour, mince ainsi qu'un courant d'air,
Au regard attirant, si limpide et si clair.
Dora mélancolique autant qu'un souvenir,
La blonde Rubens qui ne sait à quoi tenir,

Puis, pour éviter les querelles de ménage,
On ne lit pas un nom d'homme en mon reportage.

(Il remet son calepin dans sa poche.)

MARCELLA

Cela vaut mieux, c'est même de la courtoisie,
Les absents en auraient crevé de jalousie.

(Après une pause.)

Maintenant, je voudrais bien savoir votre idée
Sur le prince et son Barnolie et sa bordée;
Est-il vrai que ce fameux prince d'Arménie
Ne soit qu'un homme propre à toute vilenie.

SAINT-MAURICE

On m'a raconté quelque chose de semblable
Que je comprends, sachant ce dont il est capable.
Lors de ses débuts, il utilisait cet homme
Pour ses besognes, telle une bête de somme,
Ce titre qu'il se donne est-il vraiment le sien ?
C'est, dit-on, le fils d'un cocher circassien.
Je crois bien que maintenant il ne sait qu'en faire,
Et voudrait trouver le moyen de s'en défaire.
C'est un témoin devenu pour lui fort gênant,
Il craint aussi qu'il ne devienne entreprenant.

***

Ce Barnolie avec ses vieilles fourberies
Se laisse aller parfois à quelques théories
Qui font de ses secrets ceux de polichinel.
Je le connais à fond sous son air solennel.
Je crois du reste qu'il cherche une fin rapide
Pour réaliser ses projets d'homme cupide.

MARCELLA, apercevant Barnolie qui vient d'entrer et se dirige
vers un groupe.

Quand on parle du loup on en voit les oreilles,
Votre bras, cherchons s'il en est d'autres pareilles.

(Ils sortent.)

SCÈNE V

BARNOLIE, LE PRINCE D'ARMÉNIE

BARNOLIE, se dirigeant vers un groupe d'invités et s'adressant au prince d'Arménie devant lequel il s'incline profondément.

Eh bien ! prince, comment trouvez-vous cette fête ?

LE PRINCE, quittant le groupe et se dirigeant avec Barnolie vers l'autre bout de la salle où il n'y a personne.

Charmante en vérité. Mais pourquoi cette enquête ?

BARNOLIE, très bas.

Viens par ici. Tais-toi maintenant, imbécile.

LE PRINCE

Qu'as-tu donc et pourquoi cette phrase incivile ?

BARNOLIE

Il y a que je te cherche depuis longtemps.

LE PRINCE

J'ai donc l'agrément d'une saison de printemps ?

BARNOLIE

Silence et ne fais pas la bête ou le malin
Je préfère te voir avec l'air patelin.
Tu finiras bientôt par tous nous compromettre
Si de mes bons avis tu ne veux rien admettre.
Je t'ai dit de te taire.

LE PRINCE

Eh ! mais, c'est impossible !

BARNOLIE

Il le faut cependant, car tu deviens nuisible,
Je vois tes yeux toujours tournés vers le buffet;
Pour un prince royal, ça fait mauvais effet.
On en rit. Veux-tu donc tuer notre crédit ?
Enfin, tiens-toi, songe à tout ce que je t'ai dit.

LE PRINCE

Tout cela c'est fort beau, mais je suis fatigué,
C'est toujours pour toi que je me suis prodigué,
Et tout cela, sans en tirer grand avantage.

BARNOLIE

Sois sage et, bientôt, viendra l'heure du partage.

LE PRINCE

Oui, mais je souffre trop de ce rôle de prince
J'en ressens une fatigue qui n'est pas mince.

BARNOLIE

Tu sais qu'il le fallait pour éblouir nos dupes,
Et surtout vis-à-vis des porteuses de jupes,
Car tu n'ignores pas que dans un certain monde,
Pour réussir, il faut qu'en audace on abonde.
Souvent il vaudrait mieux entrer sans pantalons
Que sans titres de noblesse, en certains salons.

LE PRINCE

Enfin, quels sont tes projets ?

BARNOLIE

      Je n'ai pas fini,
Je veux te dire ce qui m'avait rembruni.
Entends moi ; ton entrée était peu solennelle
Quel était donc cet homme à l'hostile prunelle,
Qui paraissait vouloir ne jamais te lâcher.

LE PRINCE

J'ai fait ce que j'ai pu pour ne pas le fâcher,
Ce bonhomme est arrivé chez moi ce matin,
Me disant: payez–moi, je n'ai plus un rotin.

BARNOLIE

Quel est cet homme, que veut-il ?

LE PRINCE

       C'est mon bottier.
Il connaît tous les tours et c'est un vieux routier,
Il m'a déclaré qu'il ne me quitterait pas,
Que jour et nuit il s'attacherait à mes pas,
Jusqu'à ce qu'il soit bien payé, mon cher ; que faire ?

BARNOLIE

Bah ! avec de bons mots il faut le satisfaire ?

LE PRINCE

Je vais ce soir, lui dis-je, avec grande raison,
Songer à vous dans une excellente maison.
Suivez-moi ; vous mettrez des habits de soirée,
Vous prendrez un air noble, une mine assurée,
Vous m'accompagnerez partout.

BARNOLIE, riant.

       La farce est bonne.

LE PRINCE

Je l'attachai de suite à ma haute personne
Comme officier des ordres et commandements.

BARNOLIE

Comme il était grotesque en ses habillements.
Mais, où diable est-il donc ? Je ne l'ai plus revu.

LE PRINCE

Sois tranquille, d'un bon gîte je l'ai pourvu.
Comme il devenait gênant, parlant un peu haut
J'ai pensé que mieux valait cacher ce défaut,
Son œil émérillonné, son gros nez carmin,
M'avaient indiqué quel était le seul chemin.
Pour m'en débarrasser, je lui versai rasades,
Tout en lui parlant des ancêtres des croisades ;
Et bientôt, je me rendis compte par sa trogne
Qu'il était bien plus soûl que toute la Pologne.
Sous prétexte de lui faire respirer l'air,
Je lui promis qu'en haut il y verrait plus clair,
Il me suivit, titubant, jusqu'à l'atelier,
Là, se trouve un débarras sur même palier,
Je l'y poussai, fermant la porte à double tour,
Je fus dès lors tranquille et ravi du bon tour.

BARNOLIE

C'est assez bien trouvé, je n'aurais pas mieux fait,
Maintenant, il faut agir en accord parfait,

Il faut nous entendre et surtout nous dépêcher,
On peut à chaque moment venir nous chercher,
Tu connais mes projets, il faut donc en finir.

LE PRINCE

Quels sont alors les moyens que tu crois tenir ?

BARNOLIE

Mes plans sont arrêtés, sur toi je peux compter.

LE PRINCE

Je comprends, c'est le fils qu'il faut escamoter.

BARNOLIE

Le père et le fils devaient d'abord disparaître
Pour que de tous les biens je devinsse le maître.

LE PRINCE

Comment cela te donnera-t-il la fortune ?

BARNOLIE

Pour cela mon idée est vraiment opportune,
Tu sais en quels termes je suis avec la mère,
Quant aux détails, inutile que j'énumère,

Elle est à moi. Je dois avant tout l'épouser.
Car c'est la façon de tout régulariser.
Alors je deviens riche, étant maître de tout,
Nous partageons si tu m'aides jusqu'au bout.

LE PRINCE

Que te faut-il ?

BARNOLIE

          J'ai combiné tout ce qui suit :
Il faut donc que tout soit terminé cette nuit.
On installe partout dans cet hôtel des tables,
Cela rend les soupers beaucoup plus agréables.
Dans l'atelier souperont les tout jeunes gens,
Le fils Godot trouvera là mon guet-apens,
Il faut qu'il boive, boive à perdre la raison.
Nous allumerons des punchs partout à foison,
Il te faudra, par mégarde, en renverser un
Quand je te ferai signe au moment opportun.
Nous entendrons bientôt les cris : au feu ! au feu !
Pousser chacun dehors ne sera plus qu'un jeu.
Tu forceras Godot à rester le dernier,
Puis, nous l'enfermerons tout seul dans ce grenier.

LE PRINCE

On dira qu'étant ivre, il s'est laissé rôtir

(Souriant.)

Je pense à mon bottier qui ne pourra sortir.

BARNOLIE

Tiens, tu vas trouver là ton compte également.

LE PRINCE

C'est entendu, nous triomphons habilement.
Attendant ton signal, je réjouis les soupeurs,
Les dames!... oh! mon Dieu! je pense à leurs vapeurs!

(Il sort.

SCÈNE VI

BARNOLIE

Va, ris mon bon, il faut que ta carcasse y passe,
Comme un simple goujon je te tiens dans ma nasse,
Tu n'as pas remarqué la porte du palier
Qui ferme le couloir, isolant l'atelier.
J'ai tout préparé pour bien fermer cette porte,
Vous périrez tous, que le diable vous emporte.
Supprimons les témoins, puis épousons la veuve,
Je m'en vais changer d'air et faire un peu peau neuve
En Amérique, pays du milliardaire,
Je veux une fortune !... et qui soit légendaire !
J'ai maintenant ce capital de résistance
Après lequel j'ai couru depuis mon enfance,
Avec ce noble agent, je puis tout entreprendre,
Le seul argument que les gens puissent comprendre.
Oui, j'aurai comme un fou désiré les grandeurs,
Mais, ne sommes-nous pas tous fous dans nos ardeurs,
Certes tout est folie et c'est la plus commune
Que celle qui nous pousse à chercher la fortune,
Mais le moment est venu de me préparer
A recueillir le prix que je peux espérer.

(Il sort par une porte de côté.)

SCÈNE VII

MARCELLA, DELORME, SAINT-MAURICE, DE GAUBERTIN

(Marcella au bras de Delorme rentre par la grande baie, venant des
salons où l'on danse et où l'on soupe. Saint-Maurice et de Gaubertin
marchent derrière eux et entrent presqu'en même temps.)

MARCELLA, à Delorme

Quel vacarme ! Je crois qu'ils vont tout saccager
Ces forcenés ne voient plus rien à ménager
Aussi, je crois qu'il vaut mieux pour les gens honnêtes
Se retirer, qu'attendre la fin de ces fêtes.

DELORME

C'est mon avis.

SAINT-MAURICE

          Vraiment, ça dépasse les bornes
Ils semblent abrutis comme bêtes à cornes.

DE GAUBERTIN

J'ai vu des nègres aux cerveaux paralysés
Mais ils m'ont paru beaucoup plus civilisés.
Ils brisent, cassent tout, faisant un vrai carnage.
Quelle est la fin que cette fête nous ménage ?

DELORME

Je pressens que ça se terminera très mal,
Le jeune Godot hurle comme un animal.

SAINT-MAURICE

Ils s'amusent, le verre en main, à se poursuivre,
Se défient, à qui de tous, sera le plus ivre.
C'est ainsi qu'ils culbutent tout sur leur passage,
Saccageant tout, ainsi qu'une tribu sauvage.

MARCELLA

Etiez-vous donc au souper du grand atelier?
Vous avez vu que tout était peu régulier?

DELORME

Je n'ai pas visité cette dernière salle
Je veux voir jusqu'où va le mépris du scandale.
Et cela flattera peut-être mon orgueil,
Si parmi ces noceurs on me fait bon accueil.

MARCELLA

Oui, vous reviendrez nous dire ce qui se passe.

SAINT-MAURICE

Jamais je n'ai rêvé d'une orgie aussi basse.

DELORME

Bah !... dans quelques instants je serai revenu.

(Il sort.)

DE GAUBERTIN

Ce spectacle m'était tout à fait inconnu.
J'ai longtemps parcouru de sauvages contrées
Mais de pareilles mœurs je n'ai point rencontrées.
Ma foi, je ne suis resté là-haut que peu d'instants,
Mais j'ai trouvé des gens tout à fait dégoûtants,
Il m'a fallu sourire à des scènes grotesques
Qui sont dignes des époques carnavalesques.
En face de Godot, ce comte d'Ivanson,
Une femme chantait une triste chanson,
Le Godot raillait sa coiffure japonaise.
Et, la coiffant d'un saladier de mayonnaise,
Entraîna les convives dans de fous propos
Pendant qu'on l'acclamait comme un parfait héros.

MARCELLA

Mais, c'est horrible.

SAINT-MAURICE

J'en ai vu d'autres encore.

MARCELLA

Enfin, cette femme était donc une pécore
Pour subir cet affront sans penser à se plaindre.

SAINT-MAURICE

Elle aurait eu de bien plus mauvais tours à craindre

DE GAUBERTIN

Ivres tous, ils étaient plus fous que des démons
Et n'auraient rien entendu de tous nos sermons.

SAINT-MAURICE

Il y avait, assis tout au bout de la table,
Un brave garçon à la mine respectable,
Ça doit être un artiste, il en a la tournure,
De longs cheveux châtains encadrent sa figure.
Dans la tête de son voisin surgit l'idée
Que l'huile en ses cheveux devait être vidée,
Puis, un autre avisant des gâteaux à la crême,
En frotta son menton avec un soin extrême,
Pendant qu'un troisième avec des coups de poing,
Prétendait lui donner un excellent shampoing.

DE GAUBERTIN

Et pour l'empêcher de fuir ou de se débattre,
Lui versaient dans le cou la sauce, à trois ou quatre,

SAINT-MAURICE

Après cela, réclamaient du vin de champagne
Pour le débarbouiller ainsi que sa compagne.

DE GAUBERTIN

Cependant que partout, vidés à plein goulot,
Les vins des carafons se répandaient à flot.
Dans un désordre absolument indescriptible,
Chaque soupeur prenant son vis-à-vis pour cible
Lui lançait toutes les bouteilles à la tête,
Hurlant que c'est ainsi qu'on doit faire la fête.

SAINT-MAURICE

D'un bout de la table chacun s'interpellait
Et pour encore boire chacun s'appelait,
Criant : à moi le champagne, à toi le bourgogne
Qui de nous se montrera le plus bel ivrogne ?

DE GAUBERTIN

Un tout jeune homme fort pâle, au sourire amer,
S'en allait trébuchant, ayant le mal de mer,
J'ai vu qu'il cherchait dans l'ombre un tout petit coin
Où se pouvoir un peu soulager, sans témoin.
Nous partîmes, n'en voulant pas voir davantage.

SAINT-MAURICE

C'était assez pour un sujet de reportage.

MARCELLA

C'est écœurant et j'ai hâte de m'en aller.

DE GAUBERTIN

Nous partons tous.

SAINT-MAURICE

Laissons les seuls se consoler.

SCÈNE VIII

LES MÊMES, DELORME

(Delorme entre avec son manteau sur le bras et son chapeau à la main.)

MARCELLA, à Delorme.

Vous partez ?

DELORME

Ils ont mis le feu dans la maison
Filons bien vite avant de perdre la raison.

MARCELLA, à Saint-Maurice.

Je vous en prie, allez me chercher mon manteau
Je ne tiens pas à voir la fin de ce tableau.

(Saint-Maurice et de Gaubertin sortent.)

DELORME

Tout cela semble absolument phénoménal,
La soûlerie et puis cet affreux bacchanal.

MARCELLA

Je ne cherche plus à comprendre maintenant.

Saint-Maurice et de Gaubertin rentrent ayant revêtu leur pardessus et tenant leur chapeau à la main. Saint-Maurice porte le manteau de Marcella.)

DE GAUBERTIN

Quitter ces lieux n'a pour moi rien de chagrinant.

SAINT-MAURICE, à Marcella, pendant qu'il l'aide à mettre son
manteau.

Mais avant que sur nous s'abatte la toiture,
Filons, nous allons appeler votre voiture.

(Ils sortent tous).

SCÈNE IX

BARNOLIE, UN VALET DE PIED

(Des groupes passent, paraissent effarés, des messieurs traversent chargés de manteaux, de chapeaux, etc., et se sauvent en se bousculant. Barnolie entre par une petite porte de côté, tout habillé pour sortir, son chapeau sur la tête.)

UN VALET DE PIED

Il y a le feu dans l'atelier !

BARNOLIE

     Ce n'est rien,
On a déjà fait le nécessaire. C'est bien !
Cependant, le mieux est que tout le monde parte,
Et dites au personnel qu'il faut qu'il s'écarte.
     (Le valet de pied salue et sort en courant.)
Plus personne, je vais donc pouvoir triompher,
C'est le dernier tableau du drame à parapher,
Avant qu'on vienne à l'aide éteindre l'incendie
L'acte final aura clos toute comédie.
Je suis débarrassé des gêneurs désormais.
Enfin, me voici riche et tranquille à jamais,
Aussi, je peux maintenant vivre en honnête homme,
Il me manquait pour cela la fortune, en somme.
       (Rideau.)

Evreux. — A. Chauvicourt, imp.

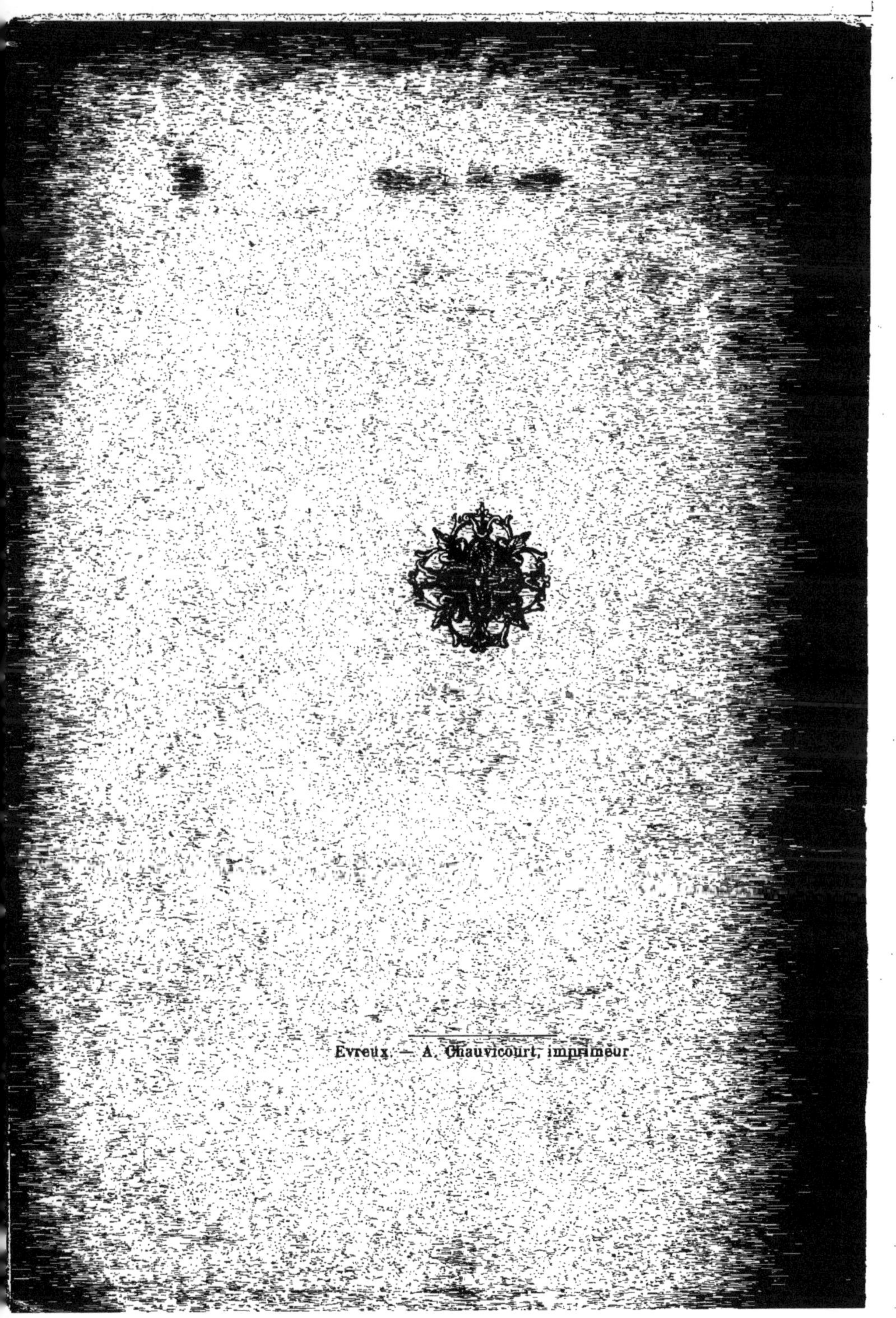

Évreux. — A. Chauvicourt, imprimeur.